Ein Haus mit sieben Zimmern

Joke van Leeuwen

Ein Haus
mit sieben Zimmern

Übersetzt von Marie-Thérèse Schins-Machleidt

Verlag Sauerländer
Aarau · Frankfurt am Main · Salzburg

Joke van Leeuwen
Ein Haus mit sieben Zimmern

Deutsch von Marie-Thérèse Schins-Machleidt
Umschlagillustration von Friedel Schmidt

Copyright © 1980 der holländischen Originalausgabe
(Een huis met zeven kamers, Omniboek, Den Haag) by Joke van Leeuwen
Copyright © 1983 Text, Illustrationen und Ausstattung
der deutschen Ausgabe by Verlag Sauerländer, Aarau und Frankfurt am Main
Herstellung: Sauerländer AG, Aarau
Printed in Switzerland

ISBN 3-7941-2387-5
Bestellnummer 01 02387

CIP-Kurztitelaufnahme der Deutschen Bibliothek

Leeuwen, Joke van:
Ein Haus mit sieben Zimmern / Joke van Leeuwen.
Übers. von Marie-Thérèse Schins-Machleidt. –
Aarau; Frankfurt am Main; Salzburg: Sauerländer, 1983.
Einheitssacht.: Een huis met zeven kamers ‹dt.›
ISBN 3-7941-2387-5

EIN NETTER ONKEL

Die meisten Menschen haben einen Onkel.
Oder drei.
Oder manchmal sogar zwanzig.
Aber noch lange nicht jeder hat einen netten Onkel.
Das ist zum Beispiel ein Onkel, der sehr gut

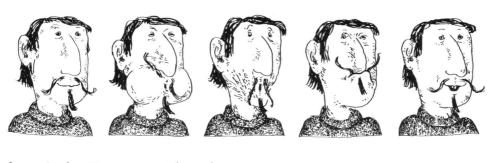

komische Fratzen ziehen kann.
Oder komische Geräusche machen kann.
Oder ein Onkel, der immer

spannende Abenteuer erlebt.

Oder ein Onkel, der immer

Geschenke mitbringt.

Mein Onkel hat ein Haus mit sieben Zimmern.
Das möchte er mir zeigen.

Er hat nur kein Badezimmer.
Das findet er schade.
Denn in der Badewanne kann er die besten Geschichten erfinden.

1: DAS WOHNZIMMER

Dies ist das Wohnzimmer.

Das dachte ich mir schon.

Wer sitzt denn da alles?

Da sitzen Leute, die ein bißchen
müde sind vom Stehen.

Was machen sie denn da?

Sitzen natürlich.

Da sitzt jemand auf dem Tisch.
Wer setzt sich denn auf den Tisch?

Ich kenne jemanden, der sich
immer auf den Tisch setzt.

Wer ist denn das?

Piesie.

Wer ist denn Piesie?

Dazu muß ich mich erst mal
ein wenig hinsetzen ...

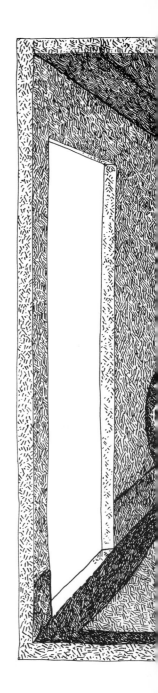

9

DIE GESCHICHTE VON PIESIE

Im Ferienheim «Die andere Luft» wohnen neun Kinder. Die waren von ihrem Arzt dort hingeschickt worden, weil sie sich ein bißchen schlapp fühlten.
Nicht so schlapp: ein bißchen nur.
Sie hatten alle einen Zettel vom Arzt bekommen, auf dem «Luftveränderung» stand. Sie konnten das selber nicht lesen, weil es so undeutlich geschrieben war.

So zum Beispiel:  oder so: oder so:

Sie mußten um sieben Uhr aufstehen und im Schlafanzug Turnübungen machen. Und wenn sie anschließend frühstückten, mußten sie erst mal Roggenbrot mit Käse oder Brei mit Klümpchen essen, erst dann gab es Weißbrot mit Erdbeermarmelade, aus der sie aber nie ganze Erdbeeren herausfischen durften.

Eines guten Morgens lag ein Briefchen im Postkasten. Das kam aus Irgendwo Anders. Darauf stand, daß Piesie mit dem Zug um zehn nach zwölf ankommen sollte. Sie würde ein Kärtchen mit ihrem Namen drauf um den Hals tragen und ein Zettelchen vom Arzt in ihrem Koffer haben.

Der Leiter des Ferienheims, der Johannes der Wannes hieß und so
aussah:

sagte zu den Kindern:

Heute kommt ein neues Mädchen...

und zu Fräulein Vonderküchen, die fürs Essen sorgte und so
aussah:

sagte er, daß das Mittagessen um halb eins fertig sein müßte. Mit
einem Teller extra! «Sie heißt Piesie», sagte Johannes der Wannes
noch, «und darüber darf man nicht lachen.»
Um viertel nach zwölf war Johannes der Wannes am Bahnhof in
der Stadt. Er sah ein Mädchen mit einem Kärtchen um den Hals
und mit einem großen Koffer neben sich.
«Du bist bestimmt die Piesie», sagte er.
«Puh ja», sagte Piesie.
«Was hast du denn für einen
komischen Koffer?»
sagte Johannes der Wannes.
«Das ist ein normaler Koffer», sagte Piesie.
Johannes der Wannes trug den Koffer nach draußen. Er wollte ein
Taxi nehmen, aber sie paßten nicht hinein. Sie versuchten es
zwar, aber es gelang nicht:

— Erst Piesie,
  dann der Koffer,
  dann Johannes der Wannes.

— Erst der Koffer,
  dann Johannes der Wannes,
  dann Piesie.

— Erst Johannes der Wannes,
  dann Piesie,
  dann der Koffer.

«Dann renne ich neben dem Taxi her», sagte Johannes der Wannes.

So kamen sie beim Ferienheim an.
Es war halb eins, und das Essen stand auf dem Tisch.
«Setz dich ruhig hin, Piesie», sagte Fräulein Vonderküchen.
«Puh ja», sagte Piesie und setzte sich auf den Tisch.
«Was ist denn jetzt los? Das machst du zu Hause doch auch nicht?» sagte Fräulein Vonderküchen.
«Puh ja, Fräulein», sagte Piesie, «wir sitzen zu Hause immer auf dem Tisch.»

«Na ja, nun benimm dich normal und setz dich auf einen Stuhl.»
«Puh ja, Fräulein.»

«Na ja, und du sollst bitte nicht immer ‹puh› sagen», meinte Fräulein Vonderküchen, «das ist unhöflich.»
«Puh ja, Fräulein», sagte Piesie, «das muß so sein. Ordentlich mit drei Worten sprechen, sagt meine Mutter immer.»
«Na ja, das kann schon stimmen», sagt Fräulein Vonderküchen, «aber hier spricht man mit zwei Worten, verstanden?»
«Puh, Fräulein.»
«Nun geb’ ich’s aber auf», seufzte Fräulein Vonderküchen und ging in die Küche.

Piesie sah sich nach den andern Kindern um. Die saßen da und grinsten hinter ihren Händen.

«Meinst du, daß es dir hier gefällt?» fragte Johannes der Wannes.
«Puh, noch nicht so toll», sagte Piesie.
«Das kommt», sagte Johannes der Wannes, «du mußt dich ein bißchen eingewöhnen. Kennst du die andern Kinder schon?»

Das ist Bastian

 das ist Minchen

 das ist Gretchen

 das ist Dorchen

 das ist Bubu

 das ist Bert 1

 das ist Bert 2

 das ist Diewerchen

 und das ist Friedrich.

«Bastian, wenn du fertig bist mit dem Essen, dann zeig' bitte
Piesie ihr Zimmer. Der Koffer steht neben der Treppe.»
Bastian stand mit wütendem Gesicht auf, ging in den Flur und
anschließend die Treppe hoch.
«Was hast du bloß für einen komischen Koffer?» fragte Bastian.
«Puh, gar nicht komisch», sagte Piesie.
«So'n Koffer hab' ich noch nie gesehen», sagte Bastian.
«Ich hab' dich auch noch nie gesehen», sagte Piesie.
Sie gingen oben durch den Flur.
«Übrigens hast du ein Zöpfchen zuviel auf dem Kopf, falls du es
noch nicht wissen solltest», sagte Bastian.
«Zuviel? Puh, aber nein. Das sind doch drei? Das muß so sein.»
Bastian öffnete die Tür zu ihrem Schlafzimmerchen.
«Hier sollst du schlafen», sagte er.
Er stellte den Koffer hin.

«Was ist in deinem komischen Koffer drin?» fragte Bastian.
«Puh, erzähl' ich nicht», sagte Piesie.
Als Bastian weg war, fing sie an, ihren Koffer auszupacken.

Unten flüsterte Bastian den andern Kindern ins Ohr: «Absolut geheime Nachricht. Wir treffen uns jetzt hinter dem fünften Busch auf der linken Seite des Gartens, aber ganz hinten. Das Kennwort heißt ‹puh›.»

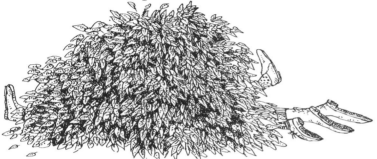

Sofort schlichen alle nach draußen. Sie krochen unauffällig zum fünften Busch, schlichen unauffällig dahinter, während sie leise «puh» flüsterten, und zwar so leise, daß es sich fast wie «buh» anhörte. Nur Friedrich hatte sich versehentlich unauffällig hinter dem fünften Busch auf der rechten Seite hingehockt. Er kannte den Unterschied zwischen links und rechts immer noch nicht. Er sagte «puh», aber es geschah nichts, und es kam auch niemand. ‹Das ist aber nicht nett von den anderen›, dachte Friedrich.

Hinter dem fünften Busch auf der linken Seite saßen acht Kinder und warteten so lange auf Friedrich, bis sie keine Lust mehr hatten, auf ihn zu warten. Da meinte Bastian: «Was ich gerade sagen wollte: wie findet ihr die Neue?»

Sie fanden sie alle das komischste und merkwürdigste Kind, das sie je gesehen hatten.

«So lange wie die da ist, finde ich es hier blöd», sagte Diewerchen.

«Das wollte ich gerade auch sagen», meinte Dorchen.

«Sie muß wieder dorthin, wo sie herkommt», sagte Bert 2.

«Es gibt nur eine Lösung», sagte Bastian, «und die sieht so aus: wir müssen zusehen, daß wir sie wegkriegen. Mit einer List. Einer Wegkriege-List.»

Sie dachten alle miteinander lange nach und fanden einen dreiteiligen Plan. Das schrieben sie erst einmal auf.

Dies ist sehr undeutlich. Das kommt daher, weil es in Geheimsprache geschrieben ist, für den Fall, daß Piesie ihn zufällig zu

fassen kriegen könnte. Aber weil sie Angst hatten, daß sie ihre
Geheimsprache wieder vergessen könnten, haben sie es auch
noch einmal richtig aufgeschrieben:

> 1. Wir machen eine Schnitzeljagd. Piesie allein
> als erste muß als erste. Auf den Schildern: →
> → weitergehen. Piesie verläuft sich. Kommt nicht
> zurück. Falls sie doch wiederkommt:
> 2. Ihr sagen, daß sie alle Fenster aufmachen
> soll und die Decke runter. Dann erkältet sie
> sich und wird krank. Dann muß sie weg. ...
> Falls das gar nicht gelingt:
> 3. Öffentlicher Protest. Wir rufen: Piesie muß
> weg. Wir streiken. Wir reden mit keinem mehr.
> DAS IST GEHEIM!

Nur Friedrich wußte nichts davon, denn er saß ja hinter dem
falschen Gebüsch. Und Piesie wußte natürlich auch nichts. Sie
verstand überhaupt nicht, wo alle plötzlich geblieben waren. Sie
suchte drinnen, sie suchte draußen, und plötzlich sah sie Fried-
richs Schuhe hinter dem fünften Busch auf der rechten Seite.
«Puh, spielt ihr Verstecken?» fragte sie.
Friedrich kroch aus dem Gebüsch hervor.
«Das sieht so aus», sagte er.
«Bin ich jetzt an der Reihe?» fragte Piesie.
«Ich vermute, daß die sich vor dir verstecken, tja», sagte Friedrich.
«Puh, dann werde ich sie suchen», sagte Piesie.
«Dann such' ich mit», sagte Friedrich, «denn ich hab' mich schon
gefragt, wo sie bleiben.»
Sie durchsuchten den ganzen Garten und sahen plötzlich acht
Kinder der Reihe nach aus den Büschen kommen und aufs Haus
zurennen.
«Warum rennen sie weg?» fragte Piesie.
«Ich weiß es nicht», sagte Friedrich, «vielleicht gehört das zu
ihrem Spiel.»

17

«Alle herkommen, alle herkommen, wir haben eine Schnitzel-jagd vorbereitet», rief Bastian. Alle kamen, außer Johannes der Wannes. Der stand bei Fräulein Vonderküchen in der Küche und sagte, daß die Kinder so nett spielten.

«Piesie muß anfangen», rief Bastian.

«Puh, schön», sagte Piesie. «Ich darf anfangen. Und jetzt versteh' ich auch, weshalb ihr so schnell weggerannt seid. Ihr wart natür-lich dabei, die Schnitzeljagd vorzubereiten.»

«Du mußt in die Richtung da gehen und lesen, was auf den Schil-dern steht, und das sollst du machen», sagte Bastian.

Piesie winkte allen «Aufwiedersehen» und ging los. Nach der ersten Kurve fand sie einen Zettel, der an einem Baumast hing:

«Ich heiße Piesie, also ist klar, daß ich weitergehen muß», sagte sie erfreut zu sich selbst, und sie ging weiter. Da sah sie noch ein Zettelchen. Es lag unter einem Stein auf der Erde.

Sie ging weiter und schaute sich nicht um, nicht einmal ganz schnell und heimlich.

«Ich finde das ein lustiges Spiel», sagte Piesie zu sich selbst, «und ich mache alles richtig. Oder nicht?»
Der Pfad endete in einer Verkehrsstraße. Es war der Weg in die Stadt, auf dem sie mit dem Taxi gekommen war.
Da lag wieder ein Zettel:

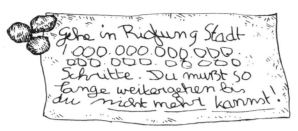

Sie ging weiter Richtung Stadt. ‹Ich finde das ein bißchen ungenau›, dachte sie, ‹was meinen sie mit: bis-du-nicht-mehr-weiter-kannst?›
Sie ging noch zweihundert Schritte, und dann hielt sie an. Das war ganz bestimmt, was sie meinten mit: bis-du-nicht-mehr-weiter-kannst. Ein Lastwagen stand quer auf der Straße.

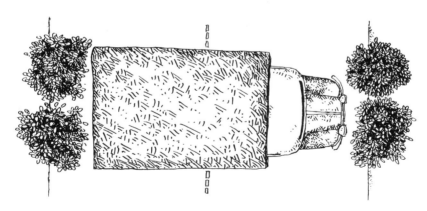

Die Straße war versperrt.
«Puh, kann ich helfen»? fragte Piesie den Fahrer.

Inzwischen fragte Friedrich die anderen: «Bin ich jetzt an der Reihe mit der Schnitzeljagd?»

«O ja», riefen alle, «jetzt darfst du.»

Friedrich machte sich fröhlich auf den Weg, und schon bald fand er den ersten Zettel.

Wenn du Piesie heißt, mußt du weitergehen, sonst mußt du zurückkommen.

Wütend kehrte er wieder um.

«So eine blödsinnige Schnitzeljagd habe ich noch nie erlebt. Bäh, richtig doof. Nur für Piesie ist die lustig.» Und er ging wütend auf sein Zimmer.

Als das Abendessen bereitet war und die Kinder hintereinander ins Eßzimmer kamen, fragte Johannes der Wannes: «Wo ist Piesie?»

«Piesie ist weg», sagte Bastian.

«Wie meinst du das?» fragte Johannes der Wannes.

«Ganz einfach. So, wie ich es sage», antwortete Bastian. «Piesie ist weg und kommt vorläufig nicht zurück.»

«Was ist denn jetzt schon wieder los?» rief Johannes der Wannes. «Seit wann kommt sie nicht mehr zurück?»

«Seit der Schnitzeljagd», erzählte Friedrich, «und das war die blödsinnigste Schnitzeljagd der ganzen Welt, denn auf dem ersten Zettel stand, daß man nur weitergehen sollte, wenn man Piesie hieße, ja-ha, darum war es für die anderen auch doof!»

«Aha, so ist das also!» rief Johannes der Wannes. «Ihr zieht jetzt alle eure Mäntel an, wir werden Piesie suchen, und ihr bekommt kein Essen, ehe wir Piesie nicht gefunden haben.»

Ohne noch etwas zu sagen, zogen sie alle ihre Mäntel an und gingen nacheinander in den Garten, über den Pfad, dann über den Weg, Richtung Stadt.

Sie marschierten so lange, bis sie in der Stadt waren. Jeden, den sie sahen, fragten sie, ob er ein Mädchen mit drei Zöpfchen gesehen hätte, das Piesie hieße. Die Leute hatten zwar viele Mädchen gesehen

mit einem Zöpfchen  oder mit zwei,

und sie kannten auch Mädchen,

die Mimi oder Lieschen oder Sissi

hießen, aber Piesie …? Nein.

Sie fragten bei der Polizei nach und im Rathaus.

Aber niemand hatte Piesie gesehen.

Dann marschierten sie mit gesenktem Kopf und knurrendem Magen zurück ins Ferienheim. Über den Weg, durch den Garten

und ins Eßzimmer. Und wer saß dort auf dem Tisch? Piesie.
«Puh, ich hab' gewonnen», sagte sie, «es war eine tolle Schnitzeljagd. Mit einem Mal konnte ich nicht mehr weiter, weil ein
Lastwagen quer auf der Straße stand. Da habe ich dem Fahrer
geholfen, und dann durfte ich den ganzen Nachmittag mit ihm
mitfahren. Gut, nicht?»
«Siehste, für dich war es am schönsten», sagte Friedrich. Und die
anderen sagten gar nichts.

Nach dem Essen sagte Piesie: «Puh, ich werd' mal ins Bett gehen.»
«Jetzt schon?» riefen alle.

«Puh, ja», sagte Piesie, «das bin ich so gewohnt. Um zehn nach
sieben ins Bett und um acht Minuten nach halb fünf wieder raus.»
«Hört ihr das?» fragte Johannes der Wannes. «Da könnt ihr euch
ein Beispiel nehmen.»

Piesie ging nach oben, und Bastian mit kleinem Abstand hinterher. Sie war gerade in ihrem Zimmer, als Bastian anklopfte.

«Puh, ja», rief Piesie.

«Du», sagte Bastian, «ich komm' noch mal im Auftrag von Johannes der Wannes, um zu sagen, daß wir hier immer bei weit geöff-
netem Fenster und ohne Decken schlafen müssen.» Er öffnete
Piesies Fenster ganz weit, nahm ihre Decke vom Bett und lief
schnell auf den Flur.

‹So›, dachte Bastian, ‹Plan Nummer Zwei ist erledigt.›

Aber Piesie dachte: ‹Wie freundlich von Bastian, mir das noch zu
sagen. Natürlich muß das Fenster weit auf, denn sonst kann die
andere Luft nicht reinkommen. Und die Lappen auf dem Bett
benutzen wir zu Hause sowieso nicht. Wir schlafen immer in
einer Betthose. Ob sie das hier nicht kennen? Wie merkwürdig.›

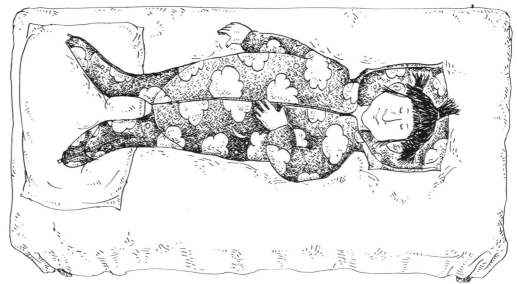

Sie legte sich in ihrer Betthose aufs Bett. Schon bald danach schlief sie tief und fest, bis acht Minuten nach halb fünf. Da wachte sie auf. Das war sie so gewohnt. Sie zog ihre Betthose aus, wusch sich und zog ihre Kleider an.

Leise betrat sie den Flur. Dort war es mucksmäuschenstill. War denn noch keiner wach? Schliefen die hier immer so lange? Oder waren sie schon alle unten?

Vorsichtig öffnete sie eine Tür, um zu gucken, was dahinter war. Es war Bastians Zimmer. Er schlief noch. Na, sowas, er selbst hatte vergessen, das Fenster weit zu öffnen und die Decke vom Bett herunterzunehmen. Piesie ging hinein, öffnete das Fenster sperrangelweit und nahm vorsichtig die Decke von Bastians Bett herunter. Er durfte nicht wach werden davon, er schlief gerade so schön.

‹Ob die andern vielleicht auch vergessen haben, ihre Fenster zu öffnen und die Decken herunterzunehmen?› dachte Piesie. Sie öffnete eine Schlafzimmertür nach der anderen. Siehste wohl, sie

hatten es alle vergessen. Piesie öffnete in jedem Zimmer das
Fenster und nahm die Decke weg. Friedrich hatte die Decke

schon weggelegt, sah sie. Aber sein Fenster war nur einen Spalt breit geöffnet. Piesie öffnete das Fenster in Friedrichs Zimmer ganz weit und ging wieder leise weg. Friedrich wachte auf. ‹Da hab' ich doch etwas gehört›, sagte er zu sich selbst. Er sah sich um. ‹Oh, meine Decke ist vom Bett gerutscht.› Er hob seine Decke auf, wickelte sich gemütlich warm ein und schlief bald wieder.

Piesie spazierte durch den Garten. Sie wartete auf die Frühgymnastik und das Frühstück. ‹Schlafen die Leute hier lange›, murrte sie. ‹Sie vergessen völlig, daß man früh aufstehen muß, um frische Luft zu schnappen und so.›
Plötzlich hörte sie hinter sich ihren Namen: «Piesie! Piesie! Gymnastik!»
Sie lief zum Haus zurück.

He, was hing denn da?
Es sah fast aus wie eine weiße Fahne.

Piesie kam näher und sah, daß es fast wie ein Bettlaken ausschaute.
Es waren schmutzige Flecken drauf.

Als sie noch näher kam, sah sie, daß es keine schmutzigen Flecken,
sondern Buchstaben waren.

Sie kam noch näher und sah, daß ihr eigener Name drauf stand.

«Puh», sagte Piesie, «ich werde nachher mal fragen, wer das da
draufgeschrieben hat.»
Nach dem Frühstück fragte Piesie Bastian: «Hast du das da draufgeschrieben?»

«Ich nicht», sagte Bastian,
«das hat Minchen gemacht.»

Piesie fragte Minchen: «Hast du das da draufgeschrieben?»
«Ich nicht», sagte Minchen,
«das hat Gretchen gemacht.»

Piesie fragte Gretchen: «Hast du das da draufgeschrieben?»
«Ich nicht», sagte Gretchen,
«das hat Dorchen gemacht.»

Piesie fragte Dorchen: «Hast du das da draufgeschrieben?»
«Ich nicht», sagte Dorchen,
«das hat Bubu gemacht.»

Piesie fragte Bubu: «Hast du das da draufgeschrieben?»
«Ich nicht», sagte Bubu,
«das hat Bert 1 gemacht.»

Piesie fragte Bert 1: «Hast du das da draufgeschrieben?»
«Ich nicht», sagte Bert 1,
«das hat Bert 2 gemacht.»

Piesie fragte Bert 2: «Hast du das da draufgeschrieben?»
«Ich nicht», sagte Bert 2,
«das hat Diewerchen gemacht.»

Piesie fragte Diewerchen: «Hast du das da draufgeschrieben?»
«Ich nicht», sagte Diewerchen,
«das hat Friedrich gemacht.»

‹Dann hat Friedrich es bestimmt getan›, dachte Piesie und ging zu Friedrich. «Puh, Friedrich», sagte sie, «wenn du mich so gerne weghaben möchtest, kannst du das doch einfach so sagen. Wolltest du mit mir nach Irgendwo Anders?»
«Ich weiß nicht genau, wovon du sprichst», sagte Friedrich, «aber ich finde die Idee ganz witzig.»

Da fuhr ein großes Auto vor. Ein Herr mit einem Köfferchen stieg aus und ging ins Ferienheim.

«Alle heeerkommen», rief Johannes der Wannes über den Flur.
«Mit saubergewaschenen Oooohren», rief Fräulein Vonderküchen.
«In einer Reihe aufstellen, in der Unterhose, der Arzt ist da.»

Der Arzt untersuchte die Kinder. Sie mußten Aaaa sagen und
ganz tief seufzen.
«Hier ist etwas sehr Merkwürdiges los», sagte der Doktor. «Es gibt
acht Kinder, die Anzeichen von Ermüdung und Erkältung auf-
weisen. Kurz und gut, sie sind sehr schlapp. Diese acht Kinder
müssen sofort ins Bett. Es gibt aber zwei Kinder, die überhaupt
nicht schlapp sind. Die können von mir aus wieder nach Hause.»
‹Jetzt schon?› dachte Piesie. Und danach sagte sie zu Friedrich:
«Kommst du mit nach Irgendwo Anders? Eine Woche Ferien
machen oder so?»
«Das wäre vielleicht nicht schlecht», sagte Friedrich, «aber auch
ein bißchen unheimlich.»
«Wieso unheimlich?» fragte Piesie.
«Es ist so anders», sagte Friedrich.
«Puh, das ist nur halb so schlimm», sagte Piesie. «Du mußt dir
einfach nichts draus machen, wenn sie über deinen komischen
Koffer lachen.»

2. DAS ESSZIMMER

Das hier ist das Eßzimmer.

Das dachte ich mir schon.

Hier sitzen Menschen, die gern essen.

Was essen sie denn?

Alles mögliche.

Sahnetorte.

Oder Rüben.

Oder eine Banane.

Oder Leberwurst.

Oder Kekse.

Oder Burrewurr mit Süßemkau.

Was ist denn das nun wieder?

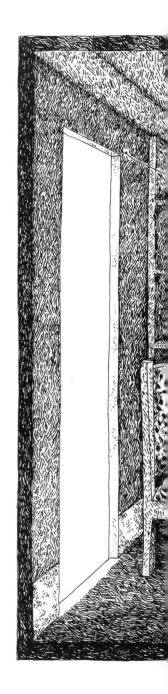

Die Frau von Hullatrullawal
saß irgendwo in 'nem Lokal

und sagt': «Mir ist im Magen flau,
ich bräuchte Burrewurr mit Süßemkau,

und bitteschön sofort,
sonst such' ich mir 'nen andern Ort.»

«Ich seh' mal nach», sagt' der Kellner sacht,
«ob der Koch das macht.»

Dann dachte er: Au weia au,
Burrewurr mit Süßemkau?

Der Koch verzweifelt rupft' sein Haar.
Er wußte auch nicht, was das war.

Wie sollt' er wissen, aus dem Kopf,
was da nun rein mußt' in den Topf?

Das Personal ging auf die Suche.
Es stand nicht in dem Wörterbuche.

Keine Zeitung, kein Gedichtband,
wo so ein Wort darinstand.

Wo man auch stöberte, wie man auch fragte ...
Da ging der Kellner hin, und sagte:

«Gnäd'ge Frau, darf ich es wagen,
Grünkohl mit Würstchen aufzutragen?

Oder Aufschnitt, frisch und rot,
mit selbstgeback'nem Bauernbrot?

Er ahnt' es schon, da kam's genau:
«Will Burrewurr mit Süßemkau!»

«Wie wär es denn mit Ripp-Royal?
Und Bananen-Eis-Banal?

Oder Pastetchen ‹Königinnenflohr›,
Froschschenkelchen mit Schweineohr?»

36

«Nein», sagt' sie klar und sehr genau:
«Will Burrewurr mit Süßemkau.»

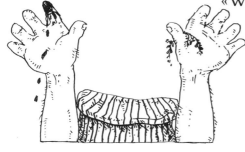

Fast wollt' der Koch sich schon ergeben,
brächt' das ihn doch um Brot und Leben.

Er rief: «Was kann ich denn dafür?»
Da klopft es plötzlich an der Tür.

Es war ein Mädchen, das leise sprach:
«Hab' Burrewurrdinge, Guten Tag.

Acht Stückchen Apfel, ein wenig Saffran,
hab' auch noch Grusel reingetan,

zwei Lakritzen, 'nen Tropfen Tau,
und Honig für den Süßemkau.»

Das alles ganz kurz angebraten,
ist Burrewurr, nun ist's verraten.

Das tat der Koch dann auf den Teller,
der Kellner bracht' es um so schneller,

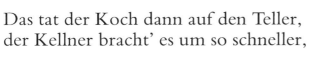

und sagte höflich: «Gnäd'ge Frau,
Ihr Burrewurr mit Süßemkau.»

«Ha, endlich, na, da ist es dann.
Ich wollt' schon gehen, bester Mann.

Wie lustig. Gibt's das? Ist es wahr?
Riecht süßlich und ist wohl auch gar.

's ist sämig, schmeckt beileib' nicht schlecht.
Lakritzen nur sind mir nicht recht.»

Die hat sie irgendwo versteckt.
Das andre hat ihr gut geschmeckt.

Dann wischt' sie sich lang und heftig,
die Lippen, und das sehr kräftig.

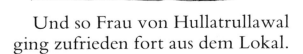

Und so Frau von Hullatrullawal
ging zufrieden fort aus dem Lokal.

3. DAS SCHLAFZIMMER

Das ist das Schlafzimmer.

Das dachte ich mir schon.
Schlafen hier Leute?

Das weiß ich nicht.

Warum weißt du das denn nicht?

Das kann ich doch nicht sehen.
Es ist dunkel.

Sieht aus wie Gespenster.

Oder so, als wenn da ein Tier
mit einem langen Rüssel liegt.

Ja.

Außerdem bin ich noch gar nicht müde.

43

R. van Telgen-Vermeulen

Ich will ja jetzt noch nicht ins Bett,
könnt ihr das nicht verstehen?
Müd' bin ich überhaupt noch nicht,
steht mir das denn nicht im Gesicht?
Wieso soll ich denn gehen?
Wieso soll ich denn gehen?

Ich schreibe grad noch ein Gedicht
Von einem dunklen Flur.
Es handelt auch vom Mondgesicht,
ist etwas auch für dich und mich.
Das dauert bis elf Uhr,
das dauert bis elf Uhr.

Ich lese noch ein schönes Buch
auf Seite hundertacht,
von sieben Waisen in 'nem Boot,
und die sind jetzt in größter Not.
Vielleicht wird's Mitternacht,
vielleicht wird's Mitternacht.

Im schönsten Sessel sitze ich,
er ist um mich herum.
Er scheint mir wie ein kleines Haus,
ich halt' es hier noch Stunden aus.
Die Uhr schlägt ein Mal: Bumm!
Die Uhr schlägt ein Mal: Bumm!

Was ist denn jetzt? Ich habe Durst,
ich will 'ne Tasse Tee.
So lange der nicht ist gemacht,
da bleib' ich wach die ganz Nacht.
Da wird es auch schon zwei.
Da wird es auch schon zwei.

45

Ans Fenster setzen will ich mich,
dann fühle ich mich frei.
Die Sterne sind noch immer da,
das Morgenlicht ist auch schon nah.
Es ist ja auch fast drei.
Es ist ja auch fast drei.

Ich will ein Liedchen singen
vom Gespenst aus Packpapier.
Es weinte leis' und fragte mich:
«Und warum fürchtest du dich nicht?»
Da schlägt die Uhr grad vier,
da schlägt die Uhr grad vier.

Nun werden mir die Knie doch steif,
ich tanze besser mal.
Ich hüpfe um den Tisch, und so
fühl' ich mich wieder frisch und froh.
Die Uhr schlägt schon fünf Mal.
Die Uhr schlägt schon fünf Mal.

Nun schreibe ich noch einen Brief,
paß' auf, daß ich nicht klecks.
Ich schreib' – das hab' ich im Sinn –
den Brief an eine Prinzessin.
Da zeigt die Uhr schon sechs.
Da zeigt die Uhr schon sechs.

Jetzt muß ich wirklich doch ins Bett,
die Augen fallen mir zu.
Leg' schnell noch einen Zettel hin,
daß ich ganz furchtbar müde bin.
Nicht wecken, ich brauch' Ruh,
nicht wecken, ich brauch' Ruh.

DIE GESCHICHTE VON
JANNEKE VAN SOMEREN

Oft mußt du ins Bett, wenn du noch gar keine Lust dazu hast. Du bist dann gerade mit irgend etwas Wichtigem beschäftigt, was du unbedingt noch fertigmachen willst. Oder es ist dann noch viel zu früh, während Janneke van Someren – die mindestens sieben Monate jünger ist – nie so früh ins Bett muß. Oder du weißt dann ganz genau, daß es unten gerade anfängt gemütlich zu werden, während du oben in deinem Bett liegst. Dann hörst du sie lachen. Und du hörst, wie sie die Kaffeelöffel auf die Untertassen legen. Und dann ist es sehr langweilig im Bett.

Janneke van Someren wollte nicht ins Bett, weil sie sich vor der Dunkelheit fürchtete. Um in ihr Zimmer zu kommen, mußte sie eine dunkle, knarrende Treppe hoch und über einen Flur. Es gab zwar einen Lichtschalter unten

an der Treppe, aber keinen oben. Wenn sie also unten das Licht anknipsen würde, um nach oben zu gehen, dann konnte sie dort das Licht nicht ausknipsen. Dann mußte sie also wieder runter, um das Licht auszuknipsen. Und dann mußte sie doch im Dunkeln nach oben.

Wenn Janneke van Someren im Dunkeln die Treppe hochging, bekam sie immer das unheimliche Gefühl, daß irgend jemand hinterherkam. Dann fing sie an zu rennen, husch, husch die Treppe hoch, durch den Flur, bis sie an ihr Zimmer kam. Sie machte die Tür auf und wieder zu und erschrak immer vor dem Vorhang, der sich dann kurz bewegte, als säße irgend jemand dahinter. Wenn sie barfuß auf dem Bettvorleger stand, hatte sie immer das beängstigende Gefühl, daß irgendwer unter ihrem Bett hockte, der ihre Beine packen wollte. Dann sprang sie aufs Bett und schaute ganz vorsichtig von oben herunter, ob irgendwer da unten lag. Es standen aber nur ihre Pantoffeln da, ganz ordentlich nebeneinander.

Und wenn sie in ihrem Bett lag, schaute sie meistens den Stuhl an, auf dem ihre Kleider hingen, und sie bekam das Gefühl, daß ein fremdes Tier auf dem Stuhl saß, obwohl sie ganz genau wußte, daß es ihre Kleider waren.

aus dem Fenster zu schauen, denn das war ein großer, schwarzer Spiegel geworden. Sie machte das Licht wieder aus und lief mit dem Butterbrot auf dem Teller nach oben. Auf der Treppe hatte sie wieder das Gefühl, daß jemand hinterherkam. Sie traute sich nicht zu rennen, denn dann wehten die Schokoladenstreusel vom Brot herunter, vielleicht in ihre Nase hinein, und dann müßte sie vielleicht ganz laut niesen und das würde jeden aufwecken.

‹Ach, das ist doch gar nichts, ich bilde mir nur ein, daß dort irgend etwas ist›, dachte Janneke. Sie schaute vorsichtig über ihre Schulter. Da war aber doch etwas.

Eines Nachts lag Janneke wach im Bett. Unten war es still. Draußen war es still. Janneke konnte nicht schlafen und hatte Appetit auf eine Scheibe Brot mit Schokoladenstreusel. Dafür mußte sie aber in die Küche gehen. Und die Küche war unten. Das war ja ein Aufwand für eine Scheibe Brot mit Schokoladenstreusel. Aber wenn sie sich keine Scheibe Brot mit Schokoladenstreusel holen würde, könnte sie bestimmt nicht mehr einschlafen. Sie stieg aus dem Bett und lief schnell schnell barfuß durch den Flur, die Treppe runter in die Küche. Dort knipste sie das Licht an. Sie machte sich ein Butterbrot mit Schokoladenstreusel drauf, ohne

«Was bist du denn für was Komisches?» flüsterte sie.

«Ich bin der Treppenläufer», sagte der Treppenteppichläufer.

«Du brauchst dich nicht so zu erschrecken. Ich tu' dir nichts. Ich laufe nur über die Treppe.»

«Aber warum läufst du denn über die Treppe?» fragte Janneke.

«Das weiß ich auch nicht», sagte der Treppenläufer. «Ich kann einfach nicht anders. Ich laufe immer auf der Treppe hin und her. Tag und Nacht. Du kannst mich nur sehen, wenn es dunkel ist. Nun ja, du willst mich nie sehen.»

«Wie meinst du das?» fragte Janneke.

«So wie ich es sage», antwortete der Treppenläufer, «du guckst

dich nie um, du willst mich nicht sehen, du rennst immer schnell weg.»

«Logisch», sagte Janneke, «ich habe doch Angst.»

«Das ist gar nicht nötig», sagte der Treppenläufer mit trauriger Stimme. «Ich habe eher Angst vor euch. Ihr rennt so schnell über die Treppe, daß ich oft stolpere und dann nach unten falle. Und das sieht kein Mensch. Und keiner hat Mitleid.»

«Das wußte ich nicht», sagte Janneke, «wie sollte ich denn auch?»

«Du weißt es jetzt», sagte der Treppenläufer. «Merke es dir.»

Er drehte sich um und lief nach unten. Plötzlich war er verschwunden.

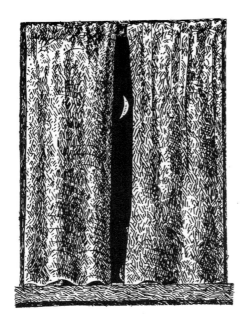

Janneke ging durch den Flur zu ihrem Zimmer. Sie öffnete die Tür und sah, daß der Vorhang sich wieder so merkwürdig blähte.

«Sitzt da vielleicht was dahinter?» fragte sie mit piepsiger Stimme.

«Ja, ich.»

«Wer ist ich?» fragte Janneke.

Der Vorhang bewegte sich wieder ein wenig. Da kam etwas zum Vorschein.

«Ich bin ein Fensterhas», sagte der Fensterhasrahmen.

«Oh», sagte Janneke, «was machst du da?»

«Ich sitze hier immer, wenn der Vorhang zu ist», sagte der Fensterhas, «ich gucke raus, um nachzusehen, ob der Mond in die richtige Richtung geht.»

«Warum machst du das?» fragte Janneke.

«Verstehst du das denn nicht?» meinte der Fensterhas. «Wenn der Mond in die falsche Richtung geht, gibt es Zusammenstöße im Weltraum. Ich muß also sehr gut aufpassen. Das ist eine schwere Aufgabe. Deshalb bewegt sich der Vorhang.»

«Und wenn der Mond nicht da ist?» fragte Janneke.

«Dann bin ich auch nicht da», sagte der Fensterhas, «dann habe ich eine Nacht frei.»

«Und wenn es Tag ist?» fragte Janneke.

«Dann bin ich zwar da, aber du siehst mich nicht», sagte der Fensterhas, «dann bin ich genauso hell wie alles ringsum mich herum.»

«Oh», sagte Janneke.

«Ich wollte noch etwas sagen», sagte der Fensterhas, «du solltest mehr Pflanzen auf die Fensterbank stellen. Sonst habe ich nichts zu essen. Wenn du viele Pflanzen auf die Fensterbank stellst, dann bleib' ich gesund, dann kann ich gut auf den Mond aufpassen. Dann klappt alles mit dem Mond. Verstehst du?»

«Ich werd' es morgen weitergeben», sagte Janneke. «Möchtest du für dieses eine Mal ein Stück Brot mit Schokoladenstreusel?»

«Nein, laß nur», sagte der Fensterhas. Dann verschwand er wieder hinter dem Vorhang.

Janneke setzte sich aufs Bett und aß ihr Butterbrot auf. Aber je mehr Bissen sie nahm, um so mehr bekam sie das Gefühl, daß auch irgend etwas oder irgendwer unter ihrem Bett saß.

‹Ich könnte einfach mal nachsehen›, dachte sie, ‹ich hab' schon gar nicht mehr soviel Angst.›

Nach dem letzten Bissen stellte sie ihren Teller weg. Sie beugte sich vor und schaute unters Bett.

«Ist da wer?» fragte sie.

«Ja, ich.»

«Wer ist ich?» fragte Janneke.

«Ich bin der Pantoffelheld», sagte der Pantoffelheld.

«Ich kann dich nicht gut sehen», sagte Janneke.

«Das stimmt. Es ist dunkel unterm Bett», sagte der Pantoffelheld.

«Dann komm mal eben raus», sagte Janneke.

«Ich trau' mich nicht», sagte der Pantoffelheld.

«Warum nicht?»

«Weiß ich nicht. Ich trau' mich nicht, und ich mach' es auch nicht.»

«Warum sitzt du eigentlich unterm Bett?» fragte Janneke.

«Weil ich Angst habe», sagte der Pantoffelheld.

«Aber warum hast du den Angst?» fragte Janneke.

«Ich hab' Angst, daß jemand auf dem Bett sitzt», sagte der Pantoffelheld.

«Das stimmt auch», sagte Janneke, «ich sitze auf dem Bett.»

«Siehste wohl», sagte der Pantoffelheld, «deshalb komm' ich nicht heraus. Laß mich jetzt bitte in Ruhe.» Und er verschwand noch tiefer in die Dunkelheit.

Janneke legte sich aufs Bett und wartete auf den Schlaf.

Sie sah sich den Stuhl mit den Kleidern an.

‹Sollte das etwa doch ein Tier sein, oder einfach ein Häufchen Kleider?› dachte sie.

«He, sind das Kleider oder ist das etwas anderes?» fragte sie laut.

«Ich bin ein Kleiderständer», sagte der Kleiderständerstuhl.

«Oh», sagte Janneke, «wirst du das immer, wenn ich meine Kleider so über den Stuhl hänge?»

«Das kommt drauf an», sagte der Kleiderständer, «manchmal legst du sie so merkwürdig hin, daß ich die ganze Nacht einen Muskelkater habe.»

«Muskelkater?»

«Ja, ist das so komisch?» sagte der Kleiderständer böse.

«Eigentlich ja», sagte Janneke. Aber sie fing schnell von etwas anderem an. «Was machst du eigentlich die ganze Zeit?» fragte sie.

«Ich steh' so'n bißchen im Zimmer herum», sagte der Kleiderständer. Ich ruhe ein bißchen aus. Ich denke ein bißchen nach. Ich erzähl' mir selbst Geschichten.»

«Oh, erzähl mir auch mal eine», bat Janneke.

«Na, gut. Über einen Pantoffelhelden, der Angst hatte vor einem Kleiderständer. Es war einmal ein Pantoffelheld, der hatte Angst vor einem Kleiderständer. Und das kam so . . .»

Wie die Geschichte weitergeht, kannst du dir selber ausdenken.

Janneke hatte ein Butterbrot mit Schokoladenstreusel gegessen, um einzuschlafen. Und das hatte geholfen.

4. DER KELLER

Das ist der Keller.

Das dachte ich mir schon.

Es steht nichts drin.

Gar nichts.

Aber es gibt da eine kleine Tür.

Was ist das für eine kleine Tür?

Eine kleine Tür zum Durchgehen.

Wo kommt man dann hin?

Das weiß ich nicht genau.

Kommt man dann in die umgekehrte Welt?

Vielleicht schon. Schau mal nach.

Wartest du dann auf mich?

Ja, ich warte hier auf dich.

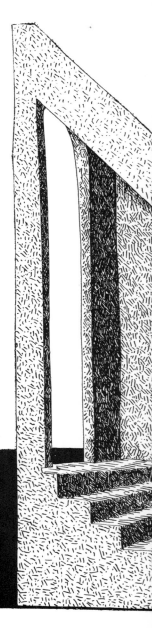

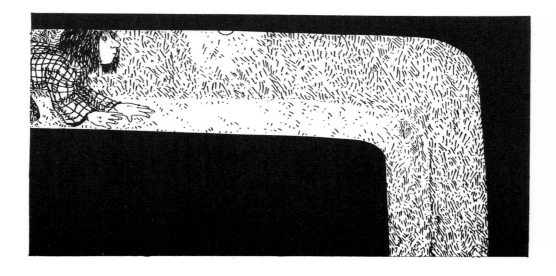

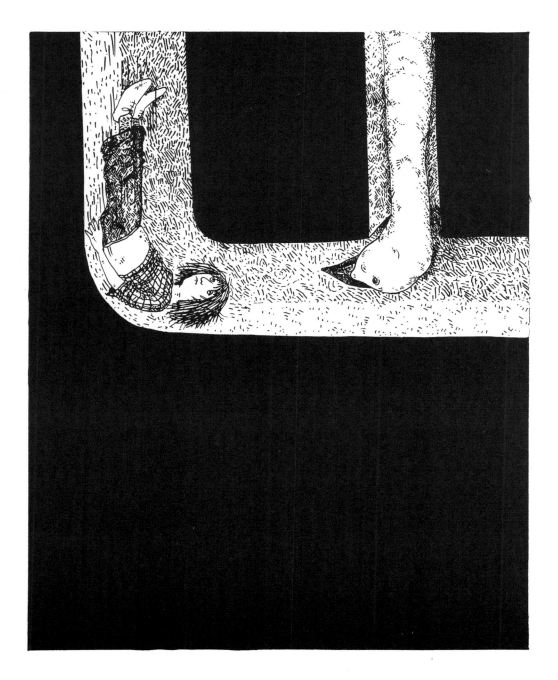

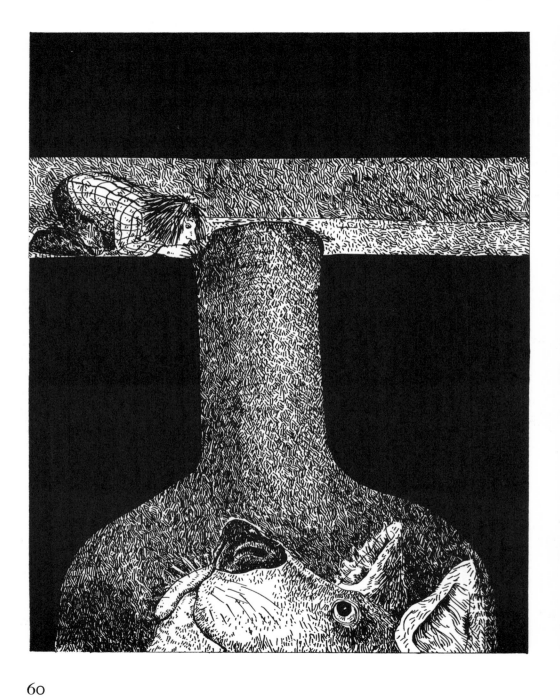

63

65

66

67

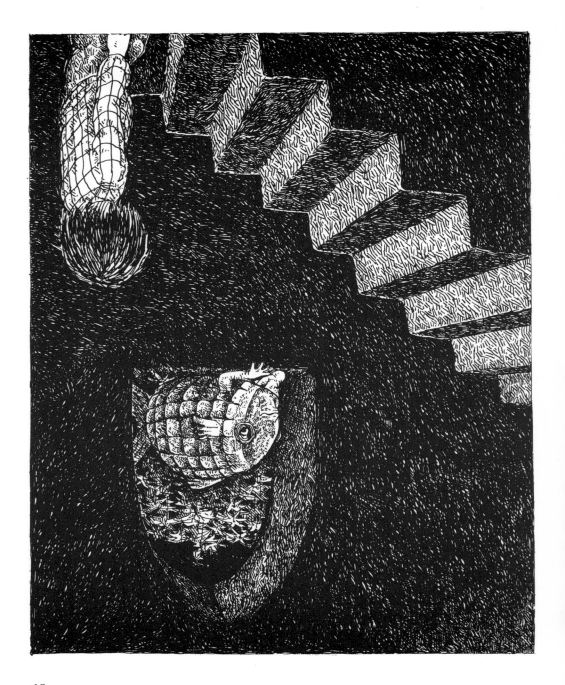

68

71

73

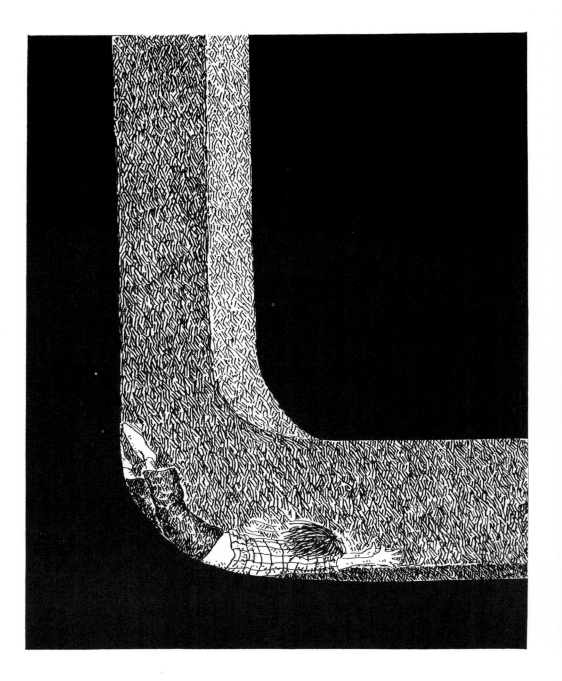

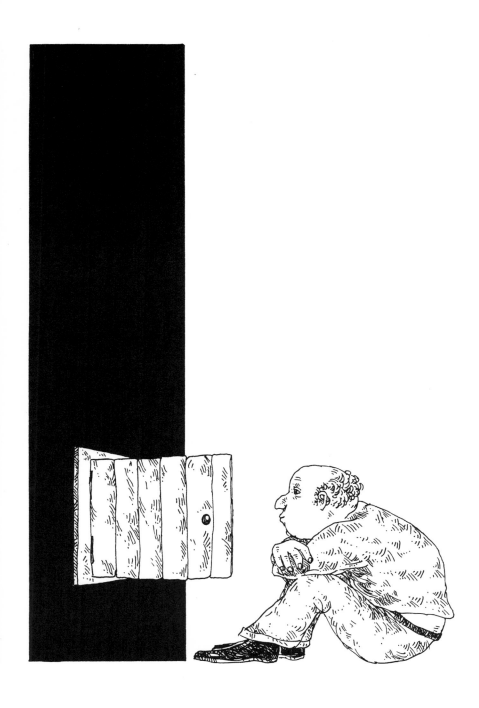

75

5. DIE RUMPELKAMMER

Das ist die Rumpelkammer.

Das dachte ich mir schon.

Hier heb' ich alle Sachen auf, die ich schön finde.
Oder nett. Oder besonders.

Was machst du denn damit?

Ich heb' sie auf.

Aber was machst du denn damit?

Nichts. Ich heb' sie auf.
Und manchmal seh' ich sie mir an.
Oder halte sie kurz fest.

Ist das schön?

Manche Menschen mögen das.
Joris Floris zum Beispiel.

Wer ist denn das nun wieder?

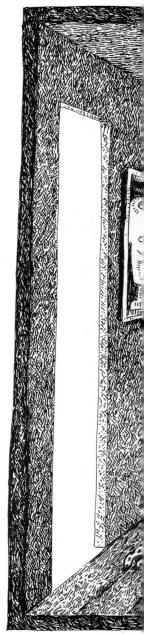

DIE GESCHICHTE VON
JORIS FLORIS

Ich kannte mal einen Jungen, der hieß
Albert Benjamin Christian Doggers-
bank Everdan Floris Gregorius Heili-
gerlee Isidor Joris Konrad Lieberkuchen Malipferd Nieschen
Otto Peter Quibus Reis Stefanus Tertullianus Urbanus Vespasia-
nus Willium Xallum Ysbert Zampano.
Weil das zu viele Namen für einen Jungen waren, nannten die
Leute ihn Joris Floris.
Joris Floris wohnte in einer oberen Etagenwohnung in der Stadt.
In so einer Wohnung ist man immer oben, auch wenn man unten
ist, im Wohnzimmer oder so.
Die Eltern von Joris Floris arbeiteten beide und kamen nachmit-
tags um halb sechs mit müden Füßen nach Hause.
Schwestern oder Brüder hatte Joris Floris nicht.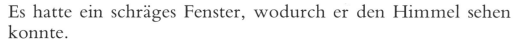
Er hatte ein eigenes Zimmerchen.
Ganz oben in der oberen Etagenwohnung.
Unter dem Dach.
Es hatte ein schräges Fenster, wodurch er den Himmel sehen
konnte.
Er sah die Wolken manchmal vorüberziehen und den Regen
nach unten fallen. Manchmal sah er ein Flugzeug, weit weg, wie
ein Pünktchen.
Und ganz selten sah er große weiße
Buchstaben am Himmel erscheinen.
Dann versuchte er zu erraten,
was geschrieben werden sollte.
Es waren aber meistens komische Worte, die er nicht verstand.

78

Joris Floris konnte also gut sehen, was am Himmel passierte. Aber die Menschen und die Autos auf der Straße sah er nicht.

In diesem Zimmerchen unterm Dach hatte er auch seine Sammlung. Das kam so: Eines Tages hatte er Lust, irgend etwas zu sammeln, aber er wußte nicht was. Er fing an mit Bildern von berühmten Menschen, aber die fand er nicht so witzig. Dann

wollte er kleine Autos sammeln, aber die mußte er kaufen, und

das war zu teuer. Danach dachte er an dreieckige Briefmarken,

aber die konnte er nirgends entdecken, obwohl er ganz sicher war, daß es sie gab. Danach fing er mit kleinen Tierchen an, aber

die gingen ihm ein. Danach dachte er an Ansichtskarten mit

Hunden darauf, aber niemand schickte ihm so eine Karte. Schließlich hatte Joris Floris sich entschlossen, alles zu sammeln, was er selbst besonders fand. Und wenn jemand sagen würde: «Was du besonders findest, finde ich ganz gewöhnlich», dann würde er antworten: «Ich finde es besonders, und das reicht.»

Er hatte inzwischen alles mögliche gesammelt, zum Beispiel:

einen besonderen Schmetterling

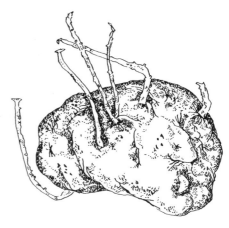

eine besondere Kartoffel

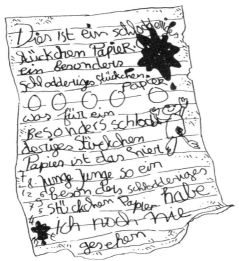

ein besonders schlodderiges Stück Papier

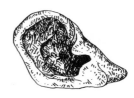

eine besondere Muschel

ein besonders weiches Stückchen Stoff

besondere Buchstaben

Wußtest du:
daß das Nilpferd Hippopotamus
Amphibius der Gattung der
Paarhufer gehört?

etwas besonders Wissenswertes

81

ein besonderes Rätsel

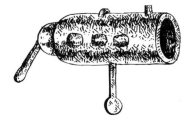

einen besonders merkwürdigen Gegenstand (wovon Joris nicht wußte, was er war und wozu er diente).

82

Eines Nachmittags, als er nicht zur Schule mußte und Vater und Mutter zur Arbeit waren und dicke weiße Wolken über dem Fenster seines Zimmerchens hingen, daß Joris Floris auf dem Bett und sah sich seine Sammlung an. Er fragte sich, ob alles besonders genug war. Denn je mehr er die besonderen Sachen ansah, um so weniger besonders kamen sie ihm vor.

‹Eigentlich müßte noch etwas ganz außerordentlich Besonderes dazukommen›, dachte er, und da er nun sowieso am Denken war, dachte er so lange nach, bis ihm etwas einfiel. Und als er sicher war, daß es das war, was er suchen wollte, sagte er es noch einmal laut. «Ich werde eine besondere Person suchen», sagte er, «einen besonderen Mann oder eine besondere Frau oder ein besonderes Kind, mal sehen wie es so kommt. Und die finde ich bestimmt in der Einkaufsstraße, denn dort sind die meisten Menschen. Und wenn ich eine finde, dann sammle ich sie.»
Joris Floris ging nach unten, zog sich den Mantel an, steckte den Hausschlüssel in die Tasche und machte sich auf den Weg in die Geschäftsstraße.

Da setzte er sich irgendwo hin, um die Leute ruhig beobachten zu
können. Aber es war schwerer als er dachte. Die meisten Men-

schen waren gleichzeitig besonders und nicht besonders.

Das hätte noch lange dauern können, wenn nicht gerade genau in der Nähe von Joris Floris etwas geschehen wäre.

Eine Frau mit einem winzigen Hütchen ging gerade vorbei, als ein Mädchen sie anhielt. «Sie haben eine Flasche Apfelsaft im Laden stehenlassen», sagte das Mädchen, während es die Flasche in die Einkaufstasche der Frau steckte.

«Oh», sagte die Frau mit dem winzigen Hütchen, «ich bin besonders froh darüber, daß Sie so freundlich sind.»

Aber weil sie es so sagte:

Ich bin *besonders* froh, das sie so freundlich sind.

verstand Joris Floris nur: ich bin besonders ...

‹Wenn sie das selber sagt, daß sie besonders ist, dann brauche ich nicht weiter zu suchen›, dachte Joris Floris. Er stand auf und ging zur Frau mit dem winzigen Hütchen.

«Guten Tag», sagte er, «möchten Sie zu meiner Sammlung mit besonderen Sachen dazukommen?»

«Was ist denn das für eine Sammlung?» fragte sie.

«Das sage ich doch gerade», sagte Joris Floris.

«Oh», sagte die Frau, «und wo ist sie denn?»

«In meinem Zimmer», sagte Joris Floris.

«Das könnte ganz gemütlich sein», sagte die Frau mit dem winzigen Hütchen, «aber warum fragst du gerade mich?»

«Gerade deshalb», sagte Joris Floris, «Sie haben es selbst gesagt.»

«Habe ich etwas gesagt?» fragte die Frau, «das ist mir gar nicht aufgefallen.»

Nebeneinander gingen sie zu dem Haus, wo Joris Floris wohnte.

«Findet man es bei Ihnen zu Hause auch richtig, wenn Sie mit-kommen?» fragte er.

«Aber ja», sagte sie, «es ist nur eine Katze da, und die findet alles gut.»

«Ist es eine besondere Katze?»

«Aber nein, eine ganz gewöhnliche. Doch, wo du es jetzt sagst, sie ist ein besonders freundliches Tier. Ich bin viel unterwegs mit ihr. In der Straßenbahn zum Beispiel.»

(Die Frau ohne Katze in der Straßenbahn)

(Die Frau mit Katze in der Straßenbahn)

«Und früher, als ich noch flog, flog sie mit in meiner Tasche.»
«Fliegen Sie?» fragte Joris Floris erstaunt.
«Heute nicht mehr», sagte die Frau mit dem winzigen Hütchen.
«Aber ich meine», sagte Joris Floris, «fliegen Sie mit einem Flugzeug, oder fliegen Sie selbst?»
«Ich hatte selbst ein kleines Flugzeug», sagte die Frau, «aber inzwischen ist es kaputt.»
Joris Floris öffnete die Haustür und ging die Treppen zu seinem Zimmerchen hoch. Die Frau mit dem winzigen Hütchen lief hinterher.
Joris Floris setzte sich auf sein Bett und zeigte auf einen Stuhl.
«Nun sind Sie gesammelt», sagte er.
Mit einem Male wurden beide ein bißchen still.
Nach einer Weile sagte die Frau: «Darf man auch Apfelsaft trinken, wenn man gesammelt ist?»
«Ich denke schon», sagte Joris Floris.
Die Frau mit dem winzigen Hütchen nahm die Flasche aus ihrer Einkaufstasche. Joris Floris holte zwei Limonadengläser. Sie tranken beide ein Glas.

«Ich glaube nicht, daß man immerzu stillsitzen muß und nichts sagen darf, wenn man gesammelt ist», sagte Joris Floris. «Sie dürfen zum Beispiel ruhig sagen, wie sie heißen.»
«Oh, das ist sehr schwer», sagte sie, «gib mir mal einen Zettel. Man spricht meinen Namen ganz anders aus, als man ihn schreibt.»

88

Joris Floris gab ihr einen Bogen Papier und einen Kugelschreiber. «Schau, so schreibt man meinen Namen», sagte die Frau mit dem winzigen Hütchen.

Prstöppè-llcustrmpphiiaàn

«Und so spricht man ihn aus:
Perstappèlkuhstrumpfielàn.»
«Das ist doch nicht Ihr Vorname?»
«Nein, mein Vorname ist Lila.»
«Sie schreiben mit der linken Hand», sagte Joris Floris, «das kann ich nicht.»
«Aber ich kann nicht mit rechts schreiben», sagte Lila, «guck mal.»

Prstöppè-llcustrmpphiiaàn

«Und ich nicht mit links», sagte Joris Floris, «guck mal.»

Joris Floris

«Haben Sie meine Sammlung schon gesehen?» fragte Joris Floris.
«Ja», sagte Lila, «aber das Rätsel versteh' ich überhaupt nicht. Ich glaube da steht:

       Igelch
       glhaseub
       duhu
       spinnest

«Aber nein», sagte Joris Floris, «weißt du, was da steht?

    Ich
    glaub'
    du
    spinnst.»

«Oh, ja», sagte Lila, und dann nahm sie den Stift und schrieb:

«Wasemansnagelt
Igelstmanselbstuhl»,
sagte Floris.
«Aber nein», sagte Lila, «da steht: Was man sagt, das ist man selbst.»
«Oh», sagte Joris Floris.
«Ich fand aber Gedichte viel schwieriger», sagte Lila. «Ich würde
gerne Gedichte machen, aber ich kann es nicht. Die erste Zeile
weiß ich sofort, aber die zweite ist am allerschwierigsten.

Meine Gedichte reimen immer nur fast, aber nie richtig ganz.
Zum Beispiel:

> Auf der Strasse nach Brüssel
> liegt ein großer Stein
> können die Autobüssel
> nicht in die Stadt hinein.

«Aber man könnte doch Elefantenrüssel sagen statt Autobüssel»,
meinte Joris Floris.
«Nein», sagte Lila, «ein Autobus ist doch kein Elefantenkuß.»
«Wissen Sie zufällig, was das hier ist?» fragte Joris Floris. Er hatte
den besonders merkwürdigen Gegenstand genommen (wovon
er nicht wußte, was er war und wozu er diente) und ihn Lila
gegeben. Die besah ihn von oben und unten, besah ihn ein bißchen gründlicher und fragte dann: «Wo hast du den gefunden?»

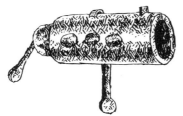

«Auf dem kleinen Feld an der Einkaufsstraße», sagte Joris Floris.
«Siehste wohl», rief Lila, «das dachte ich mir schon. Es ist ein Teil
von meinem kleinen Flugzeug. Ich habe eine Notlandung auf
dem Feld gemacht, als mein kleines Flugzeug kaputtging. Und
dann vermißte ich diesen Teil von meiner kleinen Maschine. Das
ist aber ein Zufall.»
«Was für ein Maschinchen war denn das?» fragte Joris Floris.

«Ich werd' es dir aufmalen», sagte Lila.

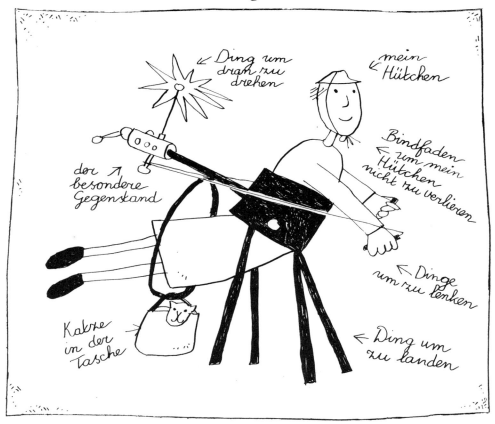

«Ich hab'das mal mit der Post zugeschickt bekommen und ich weiß immer noch nicht von wem. Aber, was ich fragen wollte, kann ich dieses Stückchen Flugzeug mitnehmen? Dann werde ich versuchen, mein Maschinchen zu reparieren, und dann werde ich dich eines Tages zu einem Ausflug durch die Luft abholen. Du brauchst nicht in die Tasche, ich werde mir einen kleinen Stuhl ausdenken, der unten am Flugmaschinchen hängt. Dann hast du eine herrliche Aussicht. Und du darfst nicht vergessen: von da oben, in der Luft, sieht alles völlig besonders aus.»

92

Die Menschen sehen so aus:

Und Autos sehen so aus:

Und Fahrräder so:

Und eine Flasche
Apfelsaft so:

Und ein Bus so:

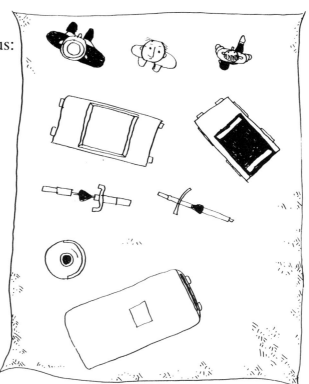

Und wenn es regnet, sieht es so aus:

Joris Floris wollte gerade sagen, daß er, wenn es ginge, gerne eines Tages mit dem Maschinchen mitfliegen wollte, als er seinen Namen rufen hörte.

«Joris Floooooooris!»

Sein Vater und seine Mutter waren nach Hause gekommen. Mit müden Füßen. Joris Floris rief zurück: «Ich bin hie-ier!»

Und seine Mutter rief zurück: «Wo ist hie-ier!»

Und Joris Floris rief: «In meinem Ziiiiiimmerchen!»

«Ich glaube, es wird Zeit für mich, nach Hause zu gehen», sagte Lila. «meine Katze braucht ihr Essen.»

Joris Floris wollte gerade sagen, daß jemand, der gesammelt ist, nicht einfach so weglaufen kann, aber da stand seine Mutter schon im Zimmer.

«Guten Tag», sagte Lila, «ich hatte einen gemütlichen Nachmittag.»

Dann ging sie die Treppen hinunter und durch die Haustür nach draußen.

«Wer war das?» fragte die Mutter.

«Das war Lila Perstàppelkuhstrumpfielàn», sagte Joris Floris, «aber man schreibt es eigentlich Prstoppe-Ilkustrmpfijaan. Und sie kann fliegen.»

«Das möchte ich auch können», sagte die Mutter, «ich hab' solche müden Füße.»

«Ich werd's ihr sagen, wenn ich sie sehe», sagte Joris Floris.

Aber er hat sie nie mehr wiedergesehen. Ein einziges Mal dachte er, daß er sie durch die Luft fliegen sah.

Aber es war ein Vogel.

Ein ganz normaler Vogel.

94

95

6. DAS KLO

Das ist das Klo.

Das dachte ich mir schon.

Es ist nur ein ganz kleines Zimmerchen.

Mit einer ganz kleinen Matte auf dem Fußboden.

Und mit einem winzigkleinen Waschbecken.

Und einem kleinen Spiegelchen.

Und einem kleinen Fensterchen.

Und mit kleinen Bildchen an der Wand.

Und mit einem ganz kleinen Bücherregal.

Mit einem kleinen Bleistift.

Und einem kleinen Buch.

Was steht denn in dem kleinen Buch?

Kleine Gedichtchen.

Neulich sah ich so'n komisches Tier
es hatte wohl sieben Ohren,
vorne drei und hinten vier,
sehen konnt' es nicht wie wir,
es war nur zum Hören geboren.

Will ich endlich mal lesen,
werde ich gestört,
sitzt da eine Fliege,
ist doch unerhört.

Komm doch mal vier
... zehn ...
... sehen!

Siebzig Professören
saßen im Turm
und wollten nichts hören,
keiner durfte sie dort stören,
O nee!
Sie dachten nach
über früher und heute,
über die Zukunft
und berühmte Leute.
Und um die Sterne zu deuten,
tranken sie Tee.

Alle Wimmeltierchen
Alle Wibbeltierchen
Alle Kribbel- und Krabbeltierchen
sitzen im hohen Gras versteckt.

Ich würde auf Zehenspitzen gehen,
damit du sie entdeckst.

Verstehst du
nicht von dem
Spiegel?
Dann schau
schnell nach
mit einem
Spiegel!

So'n Bett ist ziemlich groß,
die Decke doch sehr klein,
muß denn das so sein?
Was mach' ich da bloß?

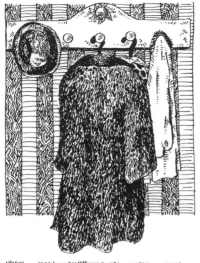

Als ich nach Hause kam
hing da an der Wand
ein komisch schwarzer Mantel.

Allerhand!

Ich wußte ganz genau,
daß das nicht Vaters war.
Das war mir ganz klar.

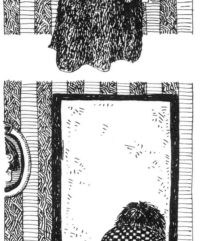

Da dachte ich bei mir:
vielleicht Besuch für mich?
Oder sogar für dich?

Ich guckte dann ganz schnell
mal durch das Schlüsselloch,
dachte ich's mir doch!

Siehste wohl.

Meine Socken sacken so,
meine Socken sacken so,
meine Socken sacken einfach
auf die Füße.
Sie o so sacken so,
sie o so sacken so,
ob dort Gümmelchen rein müssen?

7. DAS TIERZIMMER

Das ist das Tierzimmer.

Das dachte ich mir schon.

Es wird da ein bißchen zu voll.

Ja, das seh' ich.

Armer Esel.

Esel sind dumm, nicht wahr?

Aber nein, ich kannte einen Esel,
der überhaupt nicht dumm war.

Was war denn das für ein Esel?

Das war eigentlich gar kein Esel.
Das war Hans.

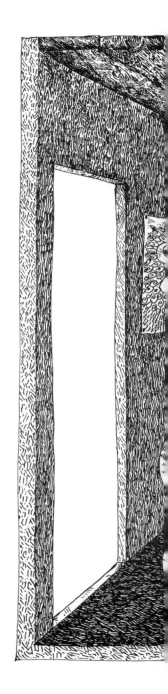

DIE GESCHICHTE
VOM TAG DER TIERE

Dies geschah vor drei Jahren in Hakkelomm.

Das wird wenigstens behauptet, denn ich persönlich war nicht dabei.

Ich habe es von Professor Por gehört, der sehr gelehrt ist, vor allem auf dem Gebiet der Außergewöhnlichen Vaterländischen Geschichte. Und er war selbst dabei.

Hakkelomm ist ein recht alter Ort. Früher hieß er Hackelum und noch viel früher Hackelorum.

Da gab es ein altes Rathaus, so alt, daß es eines Tages einstürzte. Glücklicherweise waren in dem Moment nur drei Fliegen im Rathaus. Die sind nebeneinander gestorben.

Die Menschen, die im Rathaus arbeiteten, waren nämlich gerade bei der Eröffnung der neuen Bürgermeister-Meisterschule.

Weil die alte Bürgermeister-Meisterschule leerstand, machten
die Leute daraus ihr neues Rathaus.
Sie brachten alle Bücher und Papiere hin.

Und den Hammer vom Vorsitzenden, gestiftet von Baron Tutt
von Tittelchen, der in einem Schloß in der Nähe wohnte.

Und sieben alte Vorsitzendenhammer.

Und das Porträt vom Überüberüberururururgroßvater des Barons Tutt von Titelchen.

Und die Sitzungsberichte.

Und die Briefe von einem berühmten Schriftsteller aus Hakkelomm.

Und noch vieles mehr.

Professor Por half mit beim Umzug. Er dachte, daß er so vielleicht etwas finden könnte, das wichtig wäre für seine Außergewöhnlich vaterländische Geschichte.
Und er fand auch etwas Außergewöhnliches:

Es war ein Einkaufszettel von vor dreihundert Jahren.
Und weil Professor Por so lange geübt hatte, alte Einkaufszettel zu studieren, wußte er genau, was drauf stand.
«Paß auf», rief er, «wir bekommen in diesem Jahr keinen gewöhnlichen, sondern einen außergewöhnlichen Tag der Tiere.»
Die Menschen verstanden ihn nicht. Warum sollte es kein normaler Tag der Tiere sein? Warum nicht?

Der Tag der Tiere kam, und es gab nichts Außergewöhnliches.
In der vierten Klasse der neuen Bürgermeister-Meisterschule erzählte Fräulein Fraukje gerade von der Nützlichkeit der Tiere für den Menschen.
Und danach gab es eine Stunde Kopfrechnen.

Hans war der erste, der etwas Komisches spürte.
Fräulein Fraukje fragte ihn: «Ist ein Kilo Eier schwerer als ein Kilo Steine?» ‹Nein›, wollte er sagen, aber er sagte von selbst: «Iaa.»
«Esel», sagte Fräulein Fraukje, aber sie erschrak entsetzlich, als sie sah, was mit Hans geschah.

«Verzeihung bitte, Hans. Du brauchst es dir nicht so zu Herzen zu nehmen», jammerte sie.
Alle Kinder in der Klasse fingen laut an zu lachen. Sie riefen: «Hans ist ein Esel, Hans ist ein Eeesel!»
Aber plötzlich sagte ein Kind nach dem anderen gar nichts mehr.

Da kribbelte
etwas.

Da blubberte
etwas.

Da lief etwas
ein, oder wuchs.

Nach ein paar Minuten

glich die Klasse

mehr einem Tiergarten

als einer Klasse.

Fräulein Fraukje riß die Arme hoch und rief: «Kinder, benehmt euch nicht so tierisch.» Aber plötzlich fing sie selber an einzulaufen,

bis sie hinter dem Tisch verschwand.

Alle liefen aus der Klasse auf den Flur.
Da war schon alles voll mit Tieren und Tierchen.
Und ein Krach war da ...

Außerhalb der Bürgermeister-Meisterschule geschahen die gleichen merkwürdigen Dinge. Professor Por war ein Delphin geworden. Er hatte sich zum Teich von Baron Tutt von Tittelchen geschleppt. Dort schwamm er jetzt herum, während er darüber nachdachte, daß Delphine die klügsten Tiere seien.

Ich werd' mal nachsehen, ob das in allen Schulbüchern steht, überlegte er.

In der Ferne sah er eine Gans. Sie war die älteste Schwester von Hans, die traurig durch den Park watschelte.

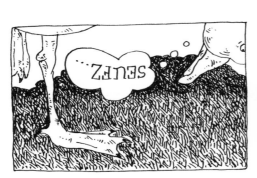

«Und ich hatte schon solche Plattfüße», seufzte sie, «und nun hab' ich noch plattere Plattfüße.»

Jeder in Hakkellomm verwandelte sich in ein Tier.
Manche fanden das ganz komisch. Andere fanden das ganz, ganz
schlimm.

Denn wenn man zufällig
gerade in der Badewanne sitzt, ist es besser,
in einen gepunkteten Wassersalamander
verwandelt zu werden, als in eine Fliege.

Und wenn
man gerade auf der zehnten Treppenstufe steht,
wird man besser ein Springhase als ein Elefant.

Und wenn man
zufällig gerade im Gartenhäuschen ist,

wird man besser ein Schweinchen als eine Giraffe.

Es gab da eine Frau,
die so klein wurde, daß
niemand mehr wußte, wo
sie geblieben war.

Es gab auch Menschen,
denen man kaum ansah,
daß sie sich verändert hatten.

Um viertel nach zehn gab es nur noch einen Einwohner in Hakkelomm, der noch wie ein Mensch aussah: das war Baron Tutt von Tittelchen. Er hatte sich gerade aus dem Bett gehievt, ein bißchen später als es eigentlich die Absicht war. Das kam, weil er einen Wecker hatte, der noch von der Großmutter von der Frau vom Schwippneffen seines Großonkels gewesen war. Der Wecker klingelte immer zu spät. Der Baron sah in den Park.

«Oh», rief er, «da ist ein Delphin in meinem Teich. Wie nett!
Sicher ein Geschenk von meinem Freund, dem Direktor des
Delphinariums.»
Er schaute nochmal und sah eine Gans herumwatscheln.

«Schon wieder ein Geschenk», rief er über den Balkonrand, «wie
nett, wie nett.»
Er wollte wieder reingehen und nach unten in den Park gehen,
um sich die Tiere aus der Nähe anzusehen.
Aber plötzlich kribbelte etwas.

Es blubberte etwas. Und er wuchs und wuchs. Er wuchs so
schnell, daß der Balkon sein Gewicht nicht mehr tragen konnte
und er samt Balkon runterfiel.
«Oh», stöhnte er, «ich glaub', daß ich von dem Sturz einen
schrecklich dicke Beule bekommen habe.»
Aber als er dann hochzukrabbeln versuchte, sah er erst richtig,
was passiert war.

Er war ein riesiges Tier geworden, aber es war ihm nicht klar, was für ein Tier.

«Oh», seufzte der Baron, «wie gemein. Darüber muß ich mich aber beim Bürgermeister beklagen.»

Er wollte gerade mit großen Schritten losgehen, da merkte er, wie schwer und plump seine Pfoten waren, so daß er sich vertrat und mit der linken Vorderpfote in den Teich rutschte.

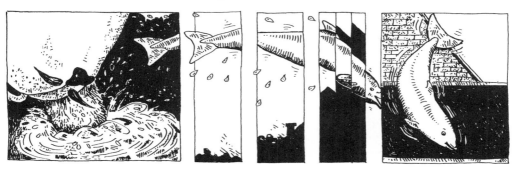

Der Delphin bekam so eine Ohrfeige, daß er im hohen Bogen aus dem Teich flog und auf dem Dach des Gartenhäuschens landete. ‹Oh›, dachte der Baron, ‹hoffentlich hat der Direktor vom Delphinarium bloß nicht gesehen, daß ich sein Geschenk versehentlich weggeschmissen habe.›

Er machte vorsichtig noch einen Schritt, noch einen Schritt. Noch einen Schritt. Ho!

Da trampelte er mit der rechten Hinterpfote den verzierten Gartenzaun nieder.

‹Oh, wie dumm›, dachte der Baron.

Er machte wieder einen Schritt. Wieder einen Schritt. Wieder einen Schritt. Ho!

Da trat er den Giebel eines Eckhauses ein. Das war noch ein Haus aus der Zeit, als Hakkelomm noch Hackelum hieß.

‹Oh, das ist besonders peinlich›, dachte der Baron.

Alle Tiere, die ihn kommen sahen, flüchteten erschreckt.

Er war viel zu breit für die kleinen Straßen.

Manche versteckten sich in einer Ecke, um heimlich zuzusehen, wie die Häuser zerstört und die Bäume umgetreten wurden.

Nur gut, daß Hans, der als erster ein Tier geworden war, auch als erster wieder ein Mensch wurde.

Er konnte wieder auf zwei Beinen stehen. Seine Eselsohren verwandelten sich wieder in normale Menschenohren (obwohl manche Leute sagen, daß er seitdem noch größere Segelohren hätte).

Hans holte sein Lasso und fing das riesige Tier ein.

das ↑Tier   ↗ich!

Er holte schnell seinen Fotoapparat, um ein Bild zu knipsen.

Alle Tiere wurden wieder Menschen.
Der Baron auch. Er hatte aber blaue Flecken. Er sagte, daß Hans
ein unverschämter Lümmel sei.
Professor Por wurde vom Dach des Gartenhäuschens geholt.
Hans bekam einen Orden und einen neuen Film.
«Nun darf niemand jemals mehr denken, daß Esel dumme Men-
schen sind», sagte Professor Por.
So ging alles wieder seinen normalen Gang.
Obwohl: Ein Mann wurde nie mehr wiedergesehen.
Manche Menschen behaupteten, daß er eine Raupe war.
«Vielleicht hat ihn jemand zertreten», sagten sie.
Ich weiß aber nicht, ob das stimmt.
Schau dir mal die Raupe an, die oben
am Fenster im Tierzimmer sitzt.
Er könnte es sein.
Oder etwa nicht?